DER SOMMER WAR SEHR GROSS...

HERBSTGEDICHTE

Wir danken für die freundlichen
Abdruckgenehmigungen der Gedichte
„Welkes Blatt" und „Herbsttag"
dem Suhrkamp-Verlag, Frankfurt,
für „Herbstsonett"
dem S. Fischer Verlag, Frankfurt,
und für „Komm in den totgesagten park . . ."
dem Klett-Cotta-Verlag, Stuttgart.

DER SOMMER WAR SEHR GROSS…

HERBSTGEDICHTE

EINE ANTHOLOGIE
MIT AQUARELLEN VON
ERICH VENZMER

MIT EINEM NACHWORT
VON WOLFGANG VENZMER

VERLAG HERMANN SCHMIDT
MAINZ

Jetzt ist es Herbst

Jetzt ist es Herbst,
Die Welt ward weit,
Die Berge öffnen ihre Arme
Und reichen dir Unendlichkeit.

Kein Wunsch, kein Wuchs ist mehr im Laub,
Die Bäume sehen in den Staub,
Sie lauschen auf den Schritt der Zeit.
Jetzt ist es Herbst, das Herz ward weit.

Das Herz, das viel gewandert ist,
Das sich verjüngt mit Lust und List,
Das Herz muß gleich den Bäumen lauschen
Und Blicke mit dem Staube tauschen.
Es hat geküßt, ahnt seine Frist,
Das Laub fällt hin, das Herz vergißt.

MAX DAUTHENDEY

Septembermorgen

Im Nebel ruhet noch die Welt,
Noch träumen Wald und Wiesen:
Bald siehst du, wenn der Schleier fällt,
Den blauen Himmel unverstellt,
Herbstkräftig die gedämpfte Welt
In warmem Golde fließen.

EDUARD MÖRIKE

Welkes Blatt

Jede Blüte will zur Frucht,
Jeder Morgen Abend werden,
Ewiges ist nicht auf Erden
Als der Wandel, als die Flucht.

Auch der schönste Sommer will
Einmal Herbst und Welke spüren.
Halte Blatt, geduldig still,
Wenn der Wind dich will entführen.

Spiel dein Spiel und wehr dich nicht,
Laß es still geschehen.
Laß vom Winde, der dich bricht,
Dich nach Hause wehen.

HERMANN HESSE

An eine Geißblattranke

Zwischen Fichtenbäumen in der Öde
Find ich, teure Blüte, dich so spät?
Rauhe Lüfte hauchen schnöde,
Da sich eisig schon der Winter naht.

Dicht auf Bergen lagern Nebelstreifen,
Hinter denen längst die Sonne schlief,
Als noch übers Feld zu schweifen
Mich ein inniges Verlangen rief.

Da verriet dich dein Geruch dem Wanderer
Deine Weiße, die dich blendend schmückt,
Wohl mir, daß vor mir kein Anderer
Dich gesehen und dich mir weggepflückt.

Wolltest du mit deinem Dufte warten,
Bis ich käm an diesen stillen Ort?
Blühtest ohne Beet und Garten
Hier im Wald bis in den Winter fort?

Wert ist wohl die spätgefundene Blume,
Daß ein Jüngling in sein Lied sie mischt,
Sie vergleichend einem Ruhme
Der noch wächst, da schon so viel erlischt.

AUGUST GRAF VON PLATEN

Herbstgefühl

Fetter grüne, du Laub,
Am Rebengeländer
Hier mein Fenster herauf!
Gedrängter quellet,
Zwillingsbeeren, und reifet
Schneller und glänzend voller!
Euch brütet der Mutter Sonne
Scheideblick, euch umsäuselt
Des holden Himmels
Fruchtende Fülle;
Euch kühlet des Mondes
Freundlicher Zauberhauch,
Und euch betauen, ach!
Aus diesen Augen
Der ewig belebenden Liebe
Vollschwellende Tränen.

JOHANN WOLFGANG VON GOETHE

Verklärter Herbst

Gewaltig endet so das Jahr
Mit goldnem Wein und Frucht der Gärten.
Rund schweigen Wälder wunderbar.
Und sind des Einsamen Gefährten.

Da sagt der Landmann: Es ist gut.
Ihr Abendglocken lang und leise
Gebt noch zum Ende frohen Mut.
Ein Vogelzug grüßt auf der Reise.

Es ist der Liebe milde Zeit.
Im Kahn den blauen Fluß hinunter,
Wie schön sich Bild an Bildchen reiht –
Das geht in Ruh und Schweigen unter.

GEORG TRAKL

Rondel

Verflossen ist das Gold der Tage
Des Abends braun und blaue Farben:
Des Hirten sanfte Flöten starben
Des Abends blau und braune Farben
Verflossen ist das Gold der Tage.

GEORG TRAKL

Herbstweh

So still in den Feldern allen,
Der Garten ist lange verblüht,
Man hört nur flüsternd die Blätter fallen,
Die Erde schläft – ich bin so müd.

Es schüttelt die welken Blätter der Wald,
Mich friert, ich bin schon alt,
Bald kommt der Winter und fällt der Schnee,
Bedeckt den Garten und mich und alles, alles Weh.

JOSEPH FREIHERR VON EICHENDORFF

Herbstsonett

Die Tage stiegen längst die goldne Leiter
des Sommers nieder. Spätglanz wärmt das Land.
Die Schatten wachsen früh und fallen breiter
von allen Bäumen in des Abends Hand.

Im Laube glänzt noch, wie vom Wind verschlagen,
manch reife Frucht. Der Felder Brust liegt bloß
und Wolken, die sich westwärts überjagen,
machen den Himmel ernst und ruhelos.

Über die Wälder, die sich rasch entblättern,
zittert schon unrastvoll der Schwalben Flug.
Und all dies mahnt: Nun sei dem Herbst bereit.

Beugst du dich morgen zu der Landschaft Buch,
so blinkt vielleicht schon aus den bunten Lettern
des Lebens liebstes Wort: Vergänglichkeit.

STEFAN ZWEIG

Komm in den totgesagten park und schau:
Der schimmer ferner lächelnder gestade,
Der reinen wolken unverhofftes blau
Erhellt die weiher und die bunten pfade.

Dort nimm das tiefe gelb, das weiche grau
Von birken und von buchs, der wind ist lau,
Die späten rosen welkten noch nicht ganz,
Erlese küsse sie und flicht den kranz.

Vergiß auch diese letzten astern nicht,
Den purpur um die ranken wilder reben
Und auch was übrig blieb vom grünen leben
Verwinde leicht im herbstlichen gesicht.

STEFAN GEORGE

OKT. 63

EVENZMER

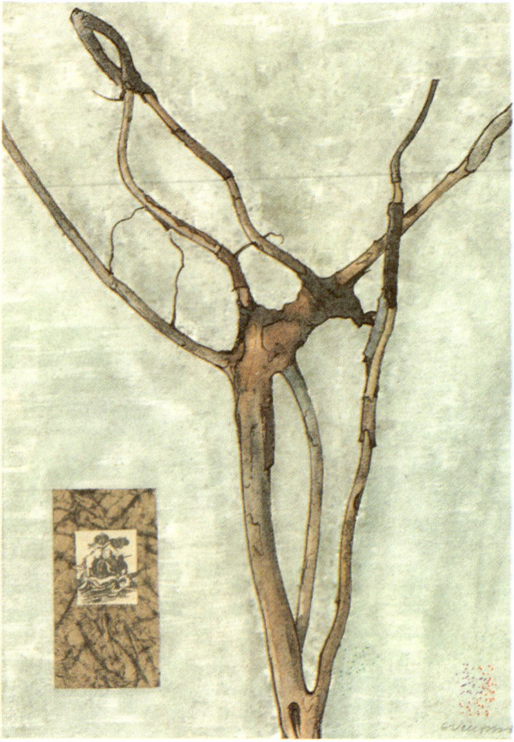

Herbstlich sonnige Tage
Mir beschieden zur Lust,
Euch mit leiserem Schlage
Grüßt die atmende Brust.

O wie waltet die Stunde
Nun in seliger Ruh!
Jede schmerzende Wunde
Schließt leise sich zu.

Nur zu rasten, zu lieben,
Still an sich selber zu baun
Fühlt sich die Seele getrieben,
Und mit Liebe zu schaun.

Und so schreit' ich im Tale,
In den Bergen, am Bach,
Jedem segnenden Strahle,
Jedem verzehrenden nach.

Jedem leisen Verfärben
Lausch' ich mit stillem Bemühn,
Jedem Wachsen und Sterben,
Jedem Welken und Blühn.

EMANUEL GEIBEL

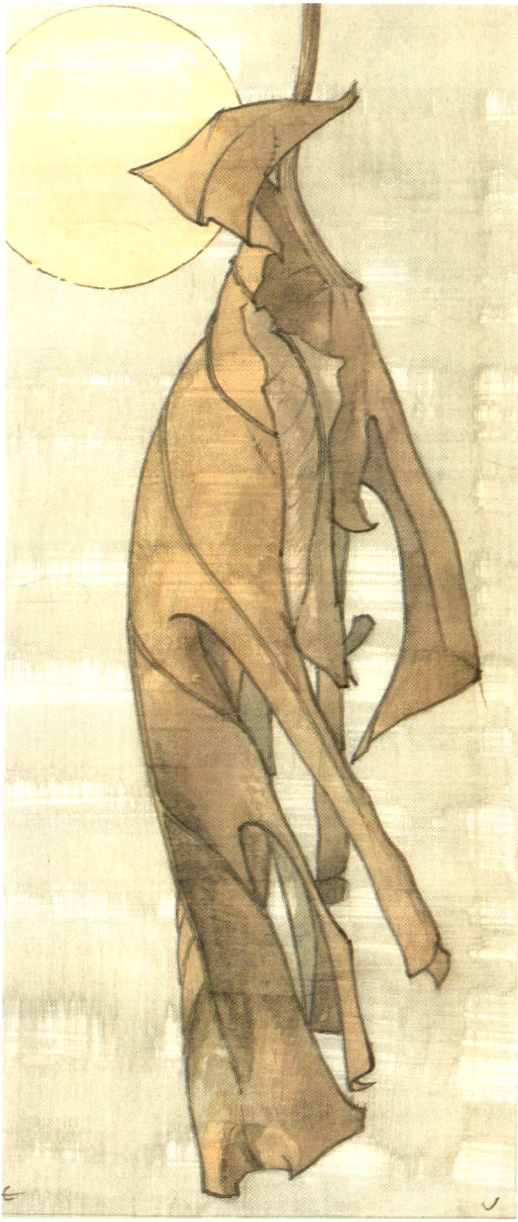

Herbstgefühl

Der Buchenwald ist herbstlich schon gerötet
So wie der Kranke der sich neigt zu sterben,
Wenn flüchtig noch sich seine Wangen färben;
Doch Rosen sinds, wobei kein Lied mehr flötet.

Das Bächlein zieht und rieselt, kaum zu hören,
Das Tal hinab und seine Wellen gleiten,
Wie durch das Sterbgemach die Freunde schreiten,
Den letzten Traum des Lebens nicht zu stören.

Ein trüber Wanderer findet hier Genossen;
Es ist Natur, der auch die Freuden schwanden,
Mit seiner ganzen Schwermut einverstanden:
Er ist in ihre Klagen eingeschlossen.

NIKOLAUS LENAU

Mit gelben Birnen hänget
Und voll mit wilden Rosen
Das Land in den See,
Ihr holden Schwäne,
Und trunken von Küssen
Tunkt ihr das Haupt
Ins heilignüchterne Wasser.

Weh mir, wo nehm' ich, wenn
Es Winter ist, die Blumen, und wo
Den Sonnenschein
Und Schatten der Erde?
Die Mauern stehn
Sprachlos und kalt, im Winde
Klirren die Fahnen.

FRIEDRICH HÖLDERLIN

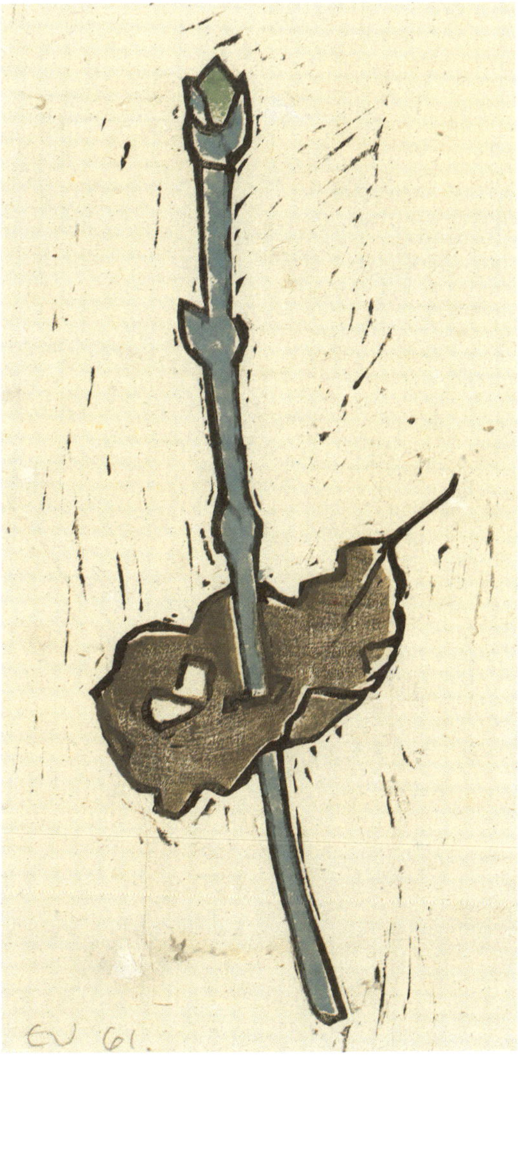
EV 61

Herbsttag

Herr: Es ist Zeit. Der Sommer war sehr groß.
Leg Deinen Schatten auf die Sonnenuhren,
und auf den Fluren laß die Winde los.

Befiehl den letzten Früchten voll zu sein;
gib ihnen noch zwei südlichere Tage,
dränge sie zur Vollendung hin und jage
die letzte Süße in den schweren Wein.

Wer jetzt kein Haus hat, baut sich keines mehr.
Wer jetzt allein ist, wird es lange bleiben,
wird wachen, lesen, lange Briefe schreiben
und wird in den Alleen hin und her
unruhig wandern, wenn die Blätter treiben.

RAINER MARIA RILKE

Nachwort

Es war ein langgehegter, zu Lebzeiten nicht verwirklichter Wunsch meines Vaters Erich Venzmer, eine kleine Sammlung von Herbstgedichten herauszugeben, und zwar in der Form, daß den Gedichten eigene Blätter, Tuschfederzeichnungen und Aquarelle zum Thema Herbst zur Seite gestellt würden. Obwohl eine endgültige Auswahl, zumal der Bilder, wohl noch nicht getroffen war – es gab auch im Nachlaß keine konkreten Hinweise –, waren doch die Verhandlungen mit dem Insel-Verlag Leipzig soweit gediehen, daß Entwürfe für die Gestaltung des Buchumschlages vorlagen.

Es darf als Glücksfall besonderer Art angesehen werden, daß jetzt, 13 Jahre nach dem Tode Erich Venzmers, sein Wunsch verwirklicht werden kann, und das in einer Weise, die sicher auch seine Zustimmung gefunden hätte: 20 seiner Arbeiten werden mit 14 Gedichten konfrontiert, aber nicht als jeweilige Gegenüberstellung, sondern als eine lose Folge von Bildern und Gedichten. Es werden also keine inhaltlichen Beziehungen und Entsprechungen künstlich konstruiert und damit die Bilder zu bloßen „Illustrationen" gemacht. Es wäre andererseits aber auch, wie hier doch angemerkt sei, meinem Vater sicher nicht eingefallen, seinen Anteil zur Anthologie überzubewerten, im Gegenteil...

Erich Venzmer, 1893 in Rostock/Mecklenburg geboren, 1975 auf einer Urlaubsreise in Mainz gestorben, war zeit seines Lebens mit der norddeutschen Landschaft verbunden. Er verstand es meisterhaft, ihre Eigenart, die Weite, die innige Einbindung des Wassers in die Landschaft und ihre abwechslungsreiche Vielfalt in seinen Bildern festzuhalten, wobei er das scheinbar Beiläufige zum „Motiv" machte. Herbst und auch Winter mit ihrer verhaltenen oder ganz reduzierten Farbigkeit waren schon früh seine bevorzugten Jahreszeiten; sie gaben ihm die Themen für seine Ölbilder

DIE BLÄTTER FALLEN.
EINE KLEINE ANTOLOG

und Aquarelle. Gerade für das Aquarell, genauer die aquarellierte Zeichnung über Kreide und Rohrfeder-Sepiatusche, hatte er fraglos eine besondere Begabung. Schon in den dreißiger Jahren hat er immer wieder skurrile trockene Zweige und verdorrte Blätter gezeichnet, und als Erich Venzmer nach 1960, mit zunehmendem Alter, weniger seine Motive in der Landschaft suchen konnte, widmete er sich als „Ersatz" gewissermaßen ganz der „Welt dieser seiner kleinen Funde": „vertrockneten merkwürdig geformten pflanzlichen Gebilden, auch Muscheln, Tang und ähnlichem Zeugs" (wie er es selber genannt hat). Wer die Vielzahl – der Begriff „Herbst" sehr weit gefaßt – dieser Blätter kennt, wird verstehen, warum der Maler Erich Venzmer Herbstgedichte gesammelt und sich diese Form einer Herausgabe gewünscht hat. Sie sollen im übrigen ohne jeden weiteren Kommentar für sich sprechen.

Wolfgang Venzmer

Erich Venzmer: Kurze Biographie

1893	22. Juli in Rostock/Mecklenburg geboren
ab 1908	jeweils in den Schulferien Malunterricht bei Prof. F. Bunke/Schwaan
1911	auf Anraten Bunkes erlernt er zunächst das Malerhandwerk
1914-18	Kriegsteilnahme
1919-21	ermöglicht durch ein Stipendium Besuch der Kunstgewerbeschule Hamburg; seine Lehrer: Prof. A. Illies und J. Wohlers
1921	Arbeit als freier Maler; dann Besuch des Berufspädagogischen Instituts in Berlin-Charlottenburg und Prüfung als Gewerbelehrer

1923 Heirat und Tätigkeit als Maler, Graphiker und Gewerbelehrer in Schwerin

1945 Referent in der Kulturverwaltung des Landes Mecklenburg-Vorpommern

1948 Abteilungsleiter im Staatlichen Museum Schwerin

1958 im Ruhestand, trotz gesundheitlicher Behinderung, endlich Zeit für publizistische und eigentliche künstlerische Arbeit

1963 Die geschichtliche Darstellung der Künstlerkolonie Ahrenshoop erscheint

1975 Erich Venzmer stirbt in Mainz

Wer sich näher über den Maler Erich Venzmer informieren möchte, sei verwiesen auf die in unserem Verlag anläßlich des 100. Geburtstags des Künstlers erschienene Publikation Wolfgang Venzmer: Erich Venzmer 1893 Rostock – Mainz 1975 (100 Seiten mit zahlreichen, zumeist farbigen Abbildungen).

Abbildungen

29 ohne Titel, Aquarell über
Sepiazeichnung, 225 × 110
30 ohne Titel, 1963, Aquarell über
Bleistift- und Sepiazeichnung, 205 × 320
32 ohne Titel, 60er Jahre, Aquarell über
Sepiazeichnung und Collage, 315 × 225
33 ohne Titel, 1965, Aquarell über
Sepiazeichnung, 410 × 260
35 ohne Titel, 60er Jahre, Aquarell über
Sepiazeichnung, 302 × 130
36 ohne Titel, wohl 50er Jahre, Aquarell
über Sepiazeichnung, 178 × 284
39 ohne Titel, Aquarell über
Sepiazeichnung, 340 × 130
40 ohne Titel, Aquarell über
Sepiazeichnung, 224 × 115
42 ohne Titel, 1961, Linolschnitt, koloriert,
200 × 100

CIP-Titelaufnahme der Deutschen Bibliothek
Der Sommer war sehr groß...: Herbstgedichte;
e. Anthologie / mit Aquarellen von Erich Venzmer.
Mit e. Nachw. von Wolfgang Venzmer. 2. überarb.
Aufl. – Mainz: Schmidt, 1992
NE: Venzmer, Wolfgang [Nachr.]

Gesetzt aus der 10 p Post-Antiqua
mit Linotype CRTronic
Gestaltung und Gesamtherstellung:
Universitätsdruckerei
und Verlag H. Schmidt, Mainz
Reproduktionen:
Saase und Heller Reprotechnik, Ingelheim
Buchbindearbeiten: C. Fikentscher, Darmstadt

4. Auflage 2000

ISBN 3-87439-270-8